EPITRES NOUVELLES

DU Sr. ROUSSEAU.

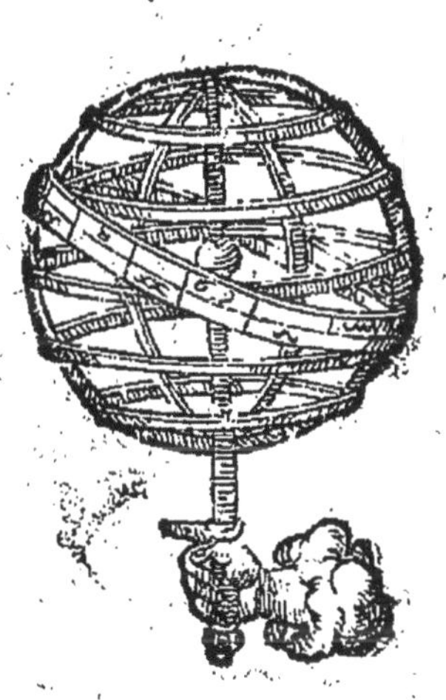

A AMSTERDAM,

M. DCC. XXXVI.

EPITRE VII.

AU R. P. BRUMOY,

Auteur du Théatre des Grecs.

OUI, cher Brumoy, ton immortel Ouvrage
Va désormais dissiper le nuage
Où parmi nous le Théatre avili,
Depuis trente ans semble être enseveli,
Et l'éclairant de ta noble lumiere
Lui rendre enfin sa dignité premiere.
De ses débris zelé restaurateur,
Et chez les Grecs hardi navigateur,
Toi seul as sçeu dans ta penible course
De ses beautez nous déterrer la source.
Et démêler les détours sinueux

De ce Dédale oblique & tortueux
Ouvert jadis par la Sœur de Thalie
Aux ſeuls Auteurs du Cid & d'Athalie ;
Mais après eux hélas ! abandonné
Au goût pervers d'un ſiécle efféminé
Qui ne prenant pour conſeil & pour guide
Que les leçons de Tibulle & d'Ovide,
Et n'eſtimant dignes d'être applaudis
Que des héros par l'amour affadis,
Nous a produit cette foule incommode
D'Auteurs glacez, qui ſéduits par la mode
N'expoſent plus à nos yeux fatiguez
Que des Romans en vers dialoguez ;
Et d'un fatras de rimes accolées
Aſſaiſſonnant leurs fadeurs ampoulées
Semblent vouloir par d'immuables loix
Borner tout l'art du Théatre François
A commenter dans leurs ſcénes dolentes
Du doux Quinaut les Pandectes galantes.

Mais de ce ſtille éflanqué, ſans vigueur,
J'aime encor mieux l'inſipide langueur,
Que l'emphatique & burleſque étagale
D'un faux Sublime enté ſur l'aſſemblage

De ces grands mots, clinquant de l'oraison ;
Enflez de vent & vuides de raison,
Dont le concours discordant & barbare
N'est qu'un vain bruit, une sotte fanfare ;
Et qui par force & sans choix enrollez
Hurlent d'effroi de se voir accouplez.
Ce n'est pourtant que sur ces balivernes
Qu'un fol essain d'Euripides modernes
Creux au dedans, boursoufflez au dehors,
S'est mis en droit prodiguant ses accords
D'importuner de sa voix imbecille
Et le Théatre, & la Cour, & la Ville.
Quoi ? diras tu, ce privilége exquis
D'un vœu commun leur seroit-il acquis ?
Le goût public auroit-il par mégarde
Reçeu sa loi du leur ? Dieu nous en garde.
Il est encore des Juges éclairez,
Des esprits sains & des yeux épurez,
Pour discerner par un choix équitable,
L'or de billon d'avec d'or veritable :
N'en doutons point, mais à parler sans fard
Leur petit nombre extrait & mis à part
Que reste-t-il ? qu'un tas de vains Critiques

D'esprits legers, de cerveaux fantastiques
Du faux mérite Orateurs dominans,
Fades loüeurs, censeurs impertinens,
Comptant pour rien justesse, ordre, harmonie,
Et confondant sous le nom de génie
Tout mot nouveau, tout trait alambiqué,
Tout sentiment abstrait, sophistiqué,
Toute morale insipide & glacée,
Toute subtile & frivole pensée;
Du sens commun declarez ennemis,
Et de l'esprit adorateurs soûmis:
Car c'est l'esprit qui sur tout ensorcelle
Nos Raisonneurs à petite cervelle,
Linx dans le rien, taupes dans le réel,
Dont l'œil aigu, perçant, surnaturel
Voyant à plein mille taches pour une
Dans le Soleil, n'en voit point dans la Lune.
Voilà quel est le Tribunal prudent
De nos Prevôts du Pinde. Cependant
Si devant eux començant sa carriere
D'un jeune Auteur la Muse avanturiere
Vient à s'ouvrir quelque obligeant accès,
Et peut enfin par un heureux succès

Dans les rayons de ces grands météores
Faire briller ses débiles phosphores,
Dieu sçait l'orguëil ou prompt à se flater
Notre étourdi va se précipiter.
C'étoit d'abord un aspirant timide,
C'est maintenant un Docteur intrépide;
Et non content d'inonder tout Paris
D'une Ocean de perfides écrits,
Et d'étouffer ses Libraires crédules
Sous des monceaux de papiers ridicules
Tels, qu'on pourroit, si la Cour des neuf Sœurs
Pour la Police avoit ses Assesseurs,
Ses Sanhédrins & ses Aréopages,
Le bruler vif dans ses propres ouvrages:
En ses accès je ne vous répons pas
Qu'ayant déja mis le bon sens à bas,
Il n'entreprenne avec la même audace
De renverser tout l'ordre du Parnasse,
Et que la Rime attaquée en son Fort
De la Raison n'éprouve aussi le sort.
Et pourquoi non? n'a-t-il pas ses Alcides?
Et sans compter tant d'illustres stupides,
Tant d'Aigrefins sur le Parnasse errans,

Et tant d'Abbez doctement ignorans;
Pour s'épauler d'un garand moins indigne,
Ne peut-il pas citer l'exemple insigne
D'un nourisson du Parnasse avoüé
Qui quelquefois dans son stile enjoüé
Sçeut accorder, quoiqu'avec retenuë
Quelque licence à sa Muse ingenuë?
Oüi, j'en conviens: mais pour t'humilier
Appren de moi, sourcilleux écolier,
Que ce qu'on souffre, encore qu'avec peine,
Dans un Voiture ou dans un la Fontaine
Ne peut passer, malgré tes beaux discours,
Dans les essais d'un Rimeur de deux jours:
Que la licence, humble, abjecte & soumise
Au rang des loix ne sçauroit être admise:
Qu'un sage Auteur qui veut se faire un nom
Peut en user, mais en abuser, non;
Et que jamais quelque appui qu'on lui prête
Mauvais Rimeur n'a fait un bon Poëte.
Que la Fontaine ait donc, je le veux bien,
De quelque régle étendu le lien;
Pour abolir toute loi prononcée
En est-ce assez de l'avoir transgressée

Et puis d'ailleurs, par où t'es-tu flatté
Qu'en l'imitant par son mauvais côté,
Tu tireras de ta chetive Muse
Tout l'excellent qui lui tient lieu d'excuse?
Trouveras-tu, raisonnons de sang froid,
Dans les tiroirs de ton génie étroit
Ces grands pinceaux dont sa main toûjours sure
Peignit si bien les traits de la nature?
Sçauras-tu, dis-je, ayant bien consulté
Son coloris & sa naïveté,
Dans tes tableaux sous cent nouvelles faces
Nous presenter toûjours les mêmes graces,
Et comme lui par cet art enchanteur
Trouver la clé de l'ame du Lecteur?
Bon, dira-t'il! le plaisant parallelle!
Le bel emploi pour ma lyre immortelle!
Outre qu'il est d'un Maitre tel que moi
De ne connoitre autre guide que soi,
De s'éloigner des routes anciennes,
Et de n'avoir de régles que les siennes;
J'ai pris un vol qui m'éleve au-dessus
De la nature & des communs abus;
Et le bon sens, la justesse, & la rime

Dégraderoient mon tragique Sublime.
Si ce n'eſt là ſa réponſe, du moins
C'eſt ſa penſée, & j'en ai pour témoins
Ces vers bouffis ou ſa Muſe hydropique
Nous dévelope en ſtile magnifique
Tout le Phébus qu'on reproche à Brebeuf
Enguenillé des rimes du Pont-Neuf.
Déja tout fier de ſon propre ſuffrage,
En plein théatre étalant ſon plumage,
Il ſe panade, & voit le Ciel ouvert
Dans ſon azur au grand jour découvert.
Et par hazard ſi quelque aſtre propice
Vient s'en mêler, & fait entrer en lice
Pour l'appuyer, quelque étourneau titré,
Quelque veau d'or par Plutus illuſtré,
Ou quelque Fée autrefois ſœur profeſſe
Dans Amathonte aujourd'hui Mere Abbeſſe;
Incontinent vous l'allez voir s'enfler
De tout le vent que peut faire ſouffler
Dans les fourneaux d'une tête échauffée
Fatuité ſur ſottiſe greffée.
Ouvrez les yeux, ignorans ſectateurs
De mes groſſiers & vils competiteurs.

Ils tirent tous leur lumiere débile
Des vains ſecours d'une étude ſtérile :
Pour moi l'éclat dont je brill. aujourd'hui
Vient de moi ſeul je ne tiens rien d'autrui.
Mon pollon ne régle point ſa note
Sur le clavier d'Horace & d'Ariſtote.
Sophocle, Echile. Homere ni Platon
Ne m'ont jamais rien appris. Vraiment non.
On le voit bien : mais ce qu on voit encore
C'eſt que vos fleurs n'ont vécu qu'une Aurore,
Que votre éclat n'eſt qu'un feu de la Nuit
Qui diſparôit dès que le Soleil luit,
Et qu'un ſeul jour détruiſant vos chimeres
Détruit auſſi vos lauriers éphemeres.
Car ſi jamais de ſes erreurs abſous
L'œil du Public vient à s'ouvrir ſur vous,
Tel dont jadis les faveurs obtenuës
Par vanité vous portoient juſqu'aux nuës,
Par vanité mettra tous ſes ébats
A vous coëffer du bonnet de Midas,
Et devant lui votre gloire ternie
Ne ſera plus qu'un objet d'ironie.
Voilà le ſort & le fatal écueil.

Où tôt ou tard vient échoüer l'orgueil
De tous ces Nains, petits Geans précoces
Que leurs flatteurs érigent en Colosses,
Mais qu'à la fin le bon Sens fait rentrer
Dans le néant dont on les sçût tirer.
Dans le néant ? dira quelqu'un peut être ;
Pourquoi vouloir aneantir leur Estre ?
Lorsqu'un Auteur du public abjuré
Voit contre lui tout bon vent declaré ;
Il peut, ailleurs dirigeant sa boussole
Tenter encor le caprice d'Eole,
Dans la Tribune achalander son art,
De la Questure arborer l'étendart ;
Ou chez un Grand par qui tout se gouverne
Briguer le rang d'important subalterne,
Oüi dà. Je sçai qu'un mérite commun
Par cent moyens, si ce n'est assez d'un
Peut s'élever au rang qu'on lui dénie.
Je sçai de plus que le même Génie
Qui dans un art sceut nous faire exceller,
Peut dans tout autre encor nous signaler.
Mais une fois que la fureur d'écrire
A par malheur établi son empire

Dans

Dans le cerveau d'un Rimeur aveuglé,
Vuide de ſens, & de ſoi-même enflé;
C'eſt une gale, un ulcére tenace
Qui de ſon ſang corrompt toute la maſſe,
Endort ſon ame, & lui rend ennuyeux
Tout exercice honnête & ſerieux.
Joüet oiſif de ſon talent futile
N'en attendez rien de bon & d'utile,
Séduit ſur tout, & gâté chaque jour
Par l'amidon des Parfumeurs de Cour.
Car c'eſt vous ſeuls, excuſez ma franchiſe
Meſſieurs les Grands, par qui s'immortaliſe
Dans ſon eſprit l'incurable travers
Qui l'abrutit dans l'amour de ſes vers.
A votre rang meſurant vos loüanges;
Il croit parler la langue des Arcanges;
Ce don céleſte eſt un ſacré dépoſt
Dont il doit compte au Public. Et bientoſt
Nous l'allons voir au ſommet du Parnaſſe
A chaque Auteur diſtribuant ſa ſa place,
Dicter de-là ſes dogmes étourdis,
Et faire en loi paſſer tous ſes Edits
Omologuez ſelon ſa fantaiſie

Au Tribunal de votre Courtoiſie.
Car pour le peu que quelque trait ſaillant ;
Quelque antithéſe ou quelque mot brillant
D'un vain éclair de lumiere impréveuë
Vienne éblouïr votre débile veuë,
C'en eſt aſſez : tout le reſte va bien.
Le mot fait tout, la choſe ne fait rien.
C'eſt un Oracle, un Héros, un modéle.
Modéle ſoit : mais le Public rebele
Examinant votre petit Héros.
Sur ſon mérite & non ſur vos grands mots,
Dévoile enfin tout ſon charlataniſme ;
Et ce Public fléau du pedantiſme
N'épargne pas quand l'écrit eſt jugé
Le protecteur plus que le protegé.
Il vous apprend qu'un ignorant ſuffrage
N'eſt pas moins ſot qu'un ignorant ouvrage :
Que les grands airs & le ton emphaſé
Au ſens commun n'ont jamais impoſé :
Qu'un Courtiſan, qu'un Magiſtrat habile,
Qu'un Guerrier même, un Hector, un Achille
En fait de goût n'eſt pas plus competant
Qu'en fait de guerre un Auteur éclatant :

Mais que l'orguëil qu'un Mérite suprême
Peut excuser, devient la fadeur même
Dans le babil d'un petit triolet
De marmousets, pedans à poil folet
Qui sans sçavoir, sans régles, sans principes,
Du bel esprit se font les Prototypes,
Tranchent sur tout, & veulent à tout prix
Nous enseigner ce qu'ils n'ont point appris.
C'est la leçon que vous fait la Critique.
Et pour vous faire un tableau dramatique
Des contretems & du sort déplaisant
A quoi s'expose un esprit suffisant
Qui soutenu du vent de sa chimére,
Pour s'élever sort de son atmosphere,
Je finirai ce propos ingénu
Par le récit d'un conte assez connu
Qu'au bon vieux tems d'un crayon moins profane
Maitre Loüis mit en rime Toscane.
Un Noble fut dans Venise estimé,
Qui Général de l'Etat proclamé
Abandonnant & gondole & chaloupe
En Terre ferme alla joindre sa Troupe;
Et fiérement sur un cheval Danois
Se fit grimper pour la premiere fois.

A peine aſſis ſur le courſier ſublime,
Des éperons coup ſur coup il s'eſcrime;
Puis le voyant ſaillir un peu trop fort,
Retire à lui la bride avec effort.
Dans ce conflict ſans ralentir ſon zéle
Notre Ecuyer voltigeoit ſur la ſelle
Faiſant ſervir à ſes vœux incertains
Tantôt la botte, & tantôt les deux mains:
Tant qu'à la fin l'affligé Bucéphale,
Qui ſaccadé par la bride fatale
Se ſent encore diffamer les côtez
Par deux talons de pointes ergotez,
Las de porter un ſi rude Alexand e,
Et ne ſçachant des deux auquel entendre
De l'éperon qui le preſſe d'aller
Ou du bridon qui le fait reculer,
Prend ſon parti, ſaute, bondit, s'anime,
Se dreſſe; & jette à bas l'illuſtriſſime
Homme & cheval roulant ſur les cailloux,
Cheval deſſus, & Monſeigneur deſſous.
Ah, dit-il lors; mon malheur ſert d'école
A tout galand, qui né pour la gondole
S'expoſe à mettre un pied dans l'étrier.
Chacun doit faire ici bas ſon métier,

EPITRE VIII.

A THALIE.

SI je voulois, ambitieux Critique
Réduire en art la Comedie antique ;
Et débroüiller ses mystéres divers ;
J'adresserois ma priere & mes vers
A ce génie autrefois par Terence
Emancipé non loin de son enfance,
Puis tout à coup de son domaine exclus,
Evanoüi trois cens lustres & plus.
Mais aujourd'hui que l'art d'un nouveau Maître
Le plus fameux que la scéne ait vû naître,
De ce génie abatu de langueur
A rajeuni la force & la vigueur ;
Pour expliquer les loix qu'il a tracées ;
Par tout hélas ! deja presque effacées,
Et pour vanger leur empire abjuré
De quel flambeau pourrois je être éclairé

Que des rayons de la Muſe elle-même
Qui de ſon art lui traça le ſyſtême,
Et l'inſpirant lui ſçeut tout à la fois
Faire connoître & pratiquer ſes loix ?
C'eſt donc à vous, ô divine Thalie,
A m'enſeigner comment s'eſt rétablie
Sous un mortel guidé par votre main
L'integrité du Théatre Romain ;
Et par quel ſort jaloux de notre gloire
De vos leçons banniſſant la mémoire
Tout de nouveau nous le faiſons rentrer
Dans le cahos dont il ſçeut ſe tirer.
De ce progrès, de cette décadence
L'effet certain s'offre avec évidence.
Tâchons ici d'en manquer s'il ſe peut
Le vrai principe & l'inviſible nœud.

Tout inſtitut, tout art, toute police
Subordonnée au pouvoir du caprice,
Doit être auſſi conſéquemment pour tous
Subordonnée à nos differens goûts.
Mais de ces goûts la diſſemblance extrême
A le bien prendre eſt un foible problême ;
Et quoi qu'on diſe on n'en ſçauroit jamais

Compter que deux ; l'un bon, l'autre mauvais.
Par des talens que le travail cultive
A ce premier pas à pas on arrive ;
Et le Public que sa bonté prévient
Pour quelque tems s'y fixe & s'y maintient.
Mais éblouïs enfin par l'étincelle
De quelque mode inconnue & nouvelle
L'ennui du beau nous fait aimer le laid,
Et préferer le moindre au plus parfait.
Par les Romains, chez les Grecs empruntée
L'architecture au plus haut point portée
Fait admirer encor dans ses débris
Son goût docile à ses Maîtres chéris.
Elle sçeut même enchérir sur leurs graces :
Mais ce ne fut qu'en marchant sur leurs traces,
Et sans risquer ses pas avanturez
Dans des sentiers de leur route égarez.
Ainsi par eux s'élevant sur eux-même
Elle eût toûjours joüi du rang suprême
Et des honneurs à ses travaux aquis,
Si ce fléau des arts les plus exquis,
Ce corrupteur des sages disciplines,
Cet ennemi des plus pures doctrines

L'orguëil aveugle, & l'amour entesté
Du changement & de la nouveauté
Lui presentant ses perfides amorces
N'eût par degrez miné toutes ses forces,
Et d'un corps mâle & d'embonpoint orné.
Fait un squelette aride & decharné.
On vit dès-lors son arrogance énorme
Fronder le goût de l'antique uniforme.
Toûjours même art, mêmes dimensions,
Mêmes contours, mêmes proportions :
Temples, Palais, Places, Maisons privées,
Frises, Frontons, Colonnes élevées
Sur même plan & sur même niveau ;
Et nul dessein. nul agrément nouveau ?
Affranchissons de cette tyrannie,
Il en est tems, notre libre génie.
Cette façade, y compris chaque flanc
A, dites vous, cent colonnes de rang ?
Varions-la : distinguons les entre elles
Par cent hauteurs, par cent formes nouvelles.
Ce grand Portail d'ornemens dégarni,
Plus ouvragé paroîtra moins uni.
Cet ordre est simple & tout d'une parure ;

Entassons y figure sur figure.
Ce mur avance, il le faut enfoncer.
Ce toict s'éleve, il le faut rabaisser;
Il faut enfin dans sa pédanterie
Laisser vieillir la froide symetrie:
Par ce moyen loin d'être imitateurs
Nous deviendrons d'illustres inventeurs.

Cette peinture est l'image historique
Des changemens de la Muse comique.
Telle en ce siécle aux nouveautez enclin
Fut sa fortune, & tel est son declin.
De son Génie éteint avec les Graces
Il ne restoit ni vestiges ni traces
Avant qu'Armand heureux à tout tenter
Eût entrepris de le ressusciter.
Mais ce Genie alors en son enfance
Dans son berceau, dépourvû d'assistance,
Faute d'un Maître habile à l'essayer
N'avoit encore appris qu'à begaïer:
Lorsqu'assisté de Terence & de Plaute
Moliere vint, dont la voix ferme & haute
Lui fit d'abord par de justes leçons
Articuler & distinguer ses sons.

Bien-tôt après sur ses avis fidéles
S'apprivoisant avec ces grands modeles,
Et dans leur lice instruit à s'exercer,
Il apprit d'eux l'art de les devancer :
Sous ce grand homme enfin la Comedie
Sceut arriver justement applaudie
A ce point fixe où l'art doit aboutir,
Et dont sans risque il ne peut plus sortir.
Ce fut alors que la scéne féconde
Devint l'école & le miroir du monde,
Et que chacun loin d'en être choqué
Fit son plaisir de s'y voir démasqué.
Là le Marquis figuré sans emblême
Fut le premier à rire de lui-même :
Et le Bourgeois apprit sans nul regret
A se moquer de son propre portrait.
Le sot Sçavant, la docte Extravagante,
La Précieuse & la Prude arrogante
Le faux Dévot, l'Avare, le Jaloux,
Le Médecin, le Malade ; enfin tous
Chez une muse en passe-tems fertile
Vinrent chercher un passe-tems utile.
Les beaux discours, les grands raisonnemens,

Les lieux communs, & les beaux ſentimens
Furent bannis de ſon joyeux domaine,
Et renvoyez à ſa ſœur Melpoméne ;
Bref ſur un thrône au ſeul Rire affecté
Le Rire ſeul eut droit d'être exalté.
C'eſt par cet art qu'elle charma la Ville,
Et que toûjours renfermée en ſon ſtile,
A la Cour même où ſur tout elle plût
Elle atteignit ſon veritable but.
Quand tout à coup la licence fantaſque
Levant ſur elle un poignard Bergamaſque
Vint à nos yeux de ſes membres hachez
Eparpiller les lambeaux détachez ;
Et ſur la ſcêne, ô honte du Parnaſſe !
Reſſuſciter le vieux monſtre d'Horace.
Mais non : la Muſe étoit en ſureté,
Et ſon nom ſeul pouvoit être inſulté.
Que peut contre elle un fantôme ſterile
De l'Italie engeance puerile ?
Ce n'eſt pas lui de qui l'effort jaloux,
Nymphe immortelle, eſt à craindre pour vous.
Ce que je crains c'eſt ce funeſte guide,
Cet enchanteur de nouveautez avide

Qui ne pensant qu'à vous assassiner
Du grand chemin cherche à vous detourner,
Et vous conduit à votre sépulture
Par des sentiers de fleurs & de verdure.
C'est lui qui masque & déguise en Phebus
Vos traits naïfs & vos vrais attributs;
C'est lui chez qui votre joïe ingenuë
Languit captive & presque méconnuë
Dans ces atours recherchez & fleuris
Qui semblent faits pour les seuls Beaux esprits,
Et dont tout l'art qu'en bâaillant on admire
Arrache à peine un froid & vain sourire:
Enfin c'est lui qui de vœux vous nourrit,
Et qui toûjours courant après l'esprit,
De Malebranche Eleve fanatique
Met en crédit ce jargon dogmatique
Ces argumens, ces doctes Rituels,
Ces entretiens fins & spirituels,
Ces sentimens que la Muse tragique
Non sans raison reclame & revendique,
Et dans lesquels un Acteur charlatan
Du cœur humain nous décrit le Roman.
Hé ventrebleu! Pedagogue infidelle,

Décri-

Décri-nous-en l'hiſtoire naturelle,
Diroit celui par qui l'Homme au ſonnet
ſt renvoyé tout plat au cabinet:
xpoſe-nous ſes délires frivoles
n actions & non pas en paroles;
t ne vien plus m'embroüiller le cerveau
e ton Sublime auſſi triſte que beau.
'art n'eſt point fait pour tracer des modeles;
ais pour fournir des exemples fideles
u ridicule & des abus divers
ù tombe l'homme en proye à ſes travers.
uand tel qu'il eſt on me l'a fait paroître
e me figure aſſez quel je dois être
ans qu'il me faille affliger en public
'un froid ſermon paſſé par l'al.mbic,
oin tout Rimeur enflé de beaux paſſages
ui ſur lui ſeul moulant ſes perſonnages
eut qu'ils aïent tous autant d'eſprit que lui,
t ne nous peint que oi-même en autrui.
e puis du moins admettr. une folie
ui ſert de cure à ma m.lancolie,
t m'égaïer dans le jeu naturel
'un Trivelin qui ſe donne pour tel:

Mais un Boufon qui lorſque je veux rire
Fait le Sophiſte & prétend que j'admire
Son beau langage & ſa ſubtilité ;
A dire vrai le Bon ſens revolté
Perd patience à ce babil myſtique ,
Et s'accomode encor moins d'un comique
Dont la froideur tient la joye en échec ,
Que d'un tragique où l'œil demeure à ſec.

Quoi , dira-t'on ? l'eſprit à votre compte
Ne peut donc plus ſervir qu'à notre honte ?
C'eſt un fauſſaire , un prévaricateur
De toute régle éternel infracteur ,
Et qu'Apollon ſuivant votre hypothéſe
Ne peut trop tôt proſcrire. A Dieu ne plaiſe.
Je ſçai trop bien qu'un ſi riche ornement
Eſt de notre art le premier inſtrument ,
Et que l'eſprit , l'eſprit ſeul peut ſans doute
Aux grands ſuccès ſe frayer une route.
Ce que j'attaque eſt l'emploi vicieux
Que nous faiſons de ce preſent des Cieux.
Son plus beau feu ſe convertit en glace
Dès qu'une fois il luit hors de ſa place ;
Et rien enfin n'eſt plus froid qu'un écrit

Où l'esprit brille aux dépens de l'esprit.]
Au haut des airs le vol de ma pensée
Peut m'élever : mais sans le caducée
De la Raison, cet essor ne me sert
Qu'à prolonger une erreur qui me perd :
Comme un coursier que le voyageur yvre
A dérouté du chemin qu'il doit suivre
Plus il est prompt, diligent & soudain
Plus il s'éloigne & se fatigue en vain.
N'allons donc plus, déserteurs de nos Peres
Sacrifier à nos propres chimeres ;
Et sans risquer un honteux démenti
Tenons nous en, c'est le plus seur parti,
Au droit chemin tracé par nos Ancêtres.
Tel méprisant l'exemple de ses Maîtres
Dans son idée en croit être plus grand
Qui dans le fond n'en est que different.
Au suc exquis d'un aliment solide
Pourquoi mêler notre sel insipide ?
Si le Génie en nous se fait sentir,
Et de prison se prépare à sortir,
Laissons agir son naturel aimable
Sans absorber ce qu'il a d'estimable

Dans une mer de frivoles langueurs,
Dans ce fatras de morale sans mœurs
De veritez froides & déplacées,
De mots nouveaux, & de fades pensées
Qui font briller tant d'Auteurs importuns
Toûjours loüez des connoisseurs communs,
Et qui pis est, loüez par l'endroit même
Qui du Bon sens mérite l'anathême.
Car tout novice en disant ce qu'il faut
Ne croit jamais s'élever assez haut.
C'est en disant ce qu'il ne doit pas dire
Qu'il s'éblouïit, se délecte & s'admire
Dans ses écarts non moins présomptueux
Qu'un indigent superbe & fastueux
Qui se laissant manquer du nécessaire
Du superflu fait son unique affaire.
A nos Auteurs ce n'est point entre nous
L'esprit qui manque : ils en ont presque tous.
Mais je voudrois dans ces nouveaux adeptes
Voir un humeur moins rétive aux préceptes
Qui du Théatre ont établi la Loi.
Ils en auroient mieux profité que moi :
Mais tout compté, je crois Dieu me pardonne

Que si j'étois pourveu moi qui raisonne
D'autant d'esprit qu'ils en ont en effet,
Je ferois mieux peut-être qu'ils n'ont fait.
Encore un mot à ces Esprits sévéres
Qui du beau stile Orateurs somniferes
M'allégueront peut-être avec hauteur
L'autorité de cet illustre Auteur,
Qui *dans le sac où Scapin s'envelope*
Ne trouve plus l'Auteur du Misantrope.
Non il ne put l'y trouver, j'en convien:
Mais ce grand Juge y retrouva fort bien,
Le Grec fâmeux qui sçeut en personnages
Faire jadis changer jusqu'aux nuages,
Un chœur d'oiseaux en peuple reveré,
Et Plutus même en Argus éclairé.
Aristophane aussi bien que Menandre
Charmoit les Grecs assemblez pour l'entendre,
Et Raphaël peignit sans déroger
Plus d'une fois maint grotesque leger.
Ce n'est point là flétrir ses premiers rôles;
C'est de l'esprit embrasser les deux poles,
Par deux chemins c'est tendre au même but,
Et s'illustrer par un double attribut.

Songez-y donc, chers enfans d'une Muſe
Qui cherche à rire & que la joye amuſe.
Depuis cent ans deux Theatres cheris
Sont conſacrez l'un aux Pleurs, l'autre aux Ris.
Sans les confondre, il faut tâcher d'y plaire.
Si toutefois vous n'aimez pas mieux faire
(Pour diſtinguer votre ſçavoir profond),
Rire au premier & pleurer au ſecond.

EPITRE IX.

A MONSIEUR ROLLIN.

DOCTE héritier des Trésors de la Grece,
Qui le premier par une heureuse adresse
Sçeus dans l'histoire associer le ton
De Thucydide à la voix de Platon :
Sage Rollin : quel esprit sympatique
T'a pû guider dans ce siécle critique,
Pour échaper à tant d'essains divers
D'âpres Censeurs qui peuplent l'univers ?
Toûjours croissant de volume en volume
Quel bon génie a dirigé ta plume ?
Par quel bonheur enfin ou par quel art
As-tu forcé le volage Hazard,
L'aveugle Erreur, la Chicane insensée
L'Orguëil jaloux, l'Envie interessée,
De te laisser en pleine seureté
Joüir vivant de ta posterité,

Et de changer pour Toi seul, sans mélange,
Leurs cris d'angoisse en concert de loüange?
Tout écrivain vulgaire ou non commun
N'a proprement que de deux objets l'un:
Ou d'éclaircir par un travail utile,
Ou d'attacher par l'agrément du stile:
Car sans cela quel Auteur, quel écrit
Peut par les yeux percer jusqu'à l'esprit?
Mais cet esprit lui-même en tant d'étages
Se subdivise à l'égard des ouvrages,
Que du public tel charme la moitié
Qui très-souvent à l'autre fait pitié.
Du Sénateur la gravité s'offense
D'un agrément dépourveu de substance;
Le Courtisan se trouve effarouché
D'un serieux d'agrément détaché:
Tous les Auteurs ont leurs goûts, leurs manies.
Quel Auteur donc peut fixer leurs genies?
Celui-là seul qui formant le projet
De réunir & l'un & l'autre objet
Sçait rendre à tous l'utile délectable
Et l'attraïant utile & profitable:
Voilà le centre & l'immuable point

Où toute ligne aboutit & ſe joint.
Or ce grand but, ce point mathématique
C'eſt le vrai ſeul, le vrai qui nous l'indique :
Tout hors de lui n'eſt que futilité
Et tout en lui devient ſublimité.
Sur cette régle, ami, le moindre Oepide
Peut deviner la ſource & le principe
De ce ſuccès qui pour toi parmi nous
Accorde, unit & fixe tous les goûts.
La verité ſimple, naïve & pure
Par tout marquée au coin de la nature
Dans ton hiſtoire offre un ſublime eſſai
Où tout eſt Beau parce que tout eſt Vrai :
Non d'un vrai ſec & crûment hiſtorique :
Mais de ce vrai moral & théorique
Qui nous montrant les hommes tels qu'ils ſont
De notre cœur nous découvre le fond,
Nous peint en eux nos propres injuſtices,
Et nous fait voir la vertu dans leurs vices.
C'eſt un Théatre un ſpectacle nouveau
Où tous les morts ſortant de leur tombeau
Viennent encor ſur une ſcéne illuſtre
Se preſenter à nous dans leur vrai luſtre,

Et du public dépoüillé d'interêt
Humbles Acteurs, attendre leur Arrêt.
Là retraçant leurs foiblesses passées
Leurs actions, leurs discours, leurs pensées,
A chaque état ils reviennent dicter
Ce qu'il faut fuïr, ce qu'il faut imiter,
Ce que chacun suivant ce qu'il peut être
Doit pratiquer, voir, entendre, connoître;
Et leur exemple en diverses façons
Donnant à tous les plus nobles leçons,
Rois, Magistrats, Législateurs suprêmes
Princes, Guerriers, simples Citoyens mêmes
Dans ce sincere & fidéle miroir
Peuvent aprendre & lire leur devoir.
Ne pense pas pourtant qu'en ce langage
Je vienne ici préconiseur peu sage
Tenter ton zéle humble religieux
Par un encens à toi-même odieux.
Rassure-toi. non j'ose te le dire,
Ce n'est pas toi, cher Rollin, que j'admire.
J'admire en toi, plus justement épris
L'Auteur divin qui parle en tes écrits,
Qui par ta main retraçant ses miracles,

Qui par ta voix expliquant ſes oracles,
T'a librement & pour prix de ta foi
Daigné choiſir pour ce ſublime emploi:
Mais qui pouvoit ſur tout autre en ta place
Faire à ſon choix tomber la même grace,
Et juſqu'à moi la laiſſer parvenir
S'il m'eût jugé digne de l'obtenir.
Il a voulu montrer par le ſuffrage
Dont ſa faveur couronne ton ouvrage
Quelle diſtance il met entre celui
Qui comme toi ne ſe cherche qu'en lui,
Et tout eſprit qu'aveugle la fumée
De ce grand Rien qu'on nomme Renommée,
Fantôme errant qui nourri par le bruit
Fuit qui le cherche, & cherche qui le fuit:
Mais qui du ſort enfant illégitime,
Et quelquefois miſerable victime,
N'eſt rien en ſoi qu'un être menſonger,
Une ombre vaine accident paſſager
Qui ſuit le corps bien ſouvent le précede,
Et plus ſouvent l'accourcit ou l'excéde.
C'eſt lui pourtant lui, dont tous les mortels
Viennent en foule encenſer les Autels:

C'eſt cette idole à qui tout ſacrifie,
A qui durant tout le cours de leur vie
Grands & petits ſollement empreſſez
Offrent leurs vœux, ſouvent mal exaucez.
Non que l'eſpoir d'un ſuccès équitable
Dans ſon objet ait rien de condamnable,
Ni que le cœur doive s'y refuſer
Quand le principe eſt de s'y propoſer
Du Roi des Rois la gloire ſouveraine
Ou du prochain l'utilité certaine.
Mais ſi l'amour d'un chatoüilleux encens
Enivre ſeul notre eſprit & nos ſens;
Si rejettant la veritable gloire
Nous nous bornons à l honneur illuſoire
De faſciner par nos foibles clartez
D'un vain public les yeux debilitez,
Sans conſulter par d'utiles prieres
L'unique Auteur de toutes les lumieres;
En quelque rang que le Ciel nous ait mis
Petits ou grands, ne ſoïons pas ſurpris
Qu'au lieu d'encens le dégoût populaire
De notre orguëil devienne le ſalaire;
Ou que du moins nos ſuccès éclatans,

Soient traverſez par tous les contre-tems
Dont l'ignorance ou l'envie hypocrite
Troublent toûjours tout aveugle mérite
Qui n'écoutant, n'enviſageant que ſoi,
Borne à lui ſeul ſon objet & ſa loi.
C'eſt-là peut-être, ami, je le confeſſe,
(Car c'eſt ainſi que l'orguëil nous abaiſſe)
Ce qui du Ciel irritant le courroux
M'a ſuſcité tant d'ennemis jaloux
Qu'une brutale & lâche calomnie
Acharne encor ſur ma vertu ternie,
Et qui toûjours dans leurs propres couleurs
Cherchent la mienne & mes traits dans les leurs.
Triſte loïer, châtiment lamentable
D'un amour propre, il eſt vrai plus traitable,
Et de vapeurs moins qu'un autre enivré,
Mais dans ſoi-même encore trop concentré,
Et ne cherchant dans ſes vains exercices
Qu'à contenter ſes volages caprices.
Quelques efforts qu'ait toutefois tenté
De leur courroux l'âpre malignité
Pour infecter l'air pur que je reſpire,
J'ai ſçeu tirer au moins ou pour mieux dire,
Le Ciel m'a fait tirer par ſes ſecours

Un double fruit de leurs affreux discours ;
L'un d'entrevoir que dis-je ? de connoître
Dans ce fleau la justice d'un Maître
Qui ne tolere en eux des traits si faux
Que pour punir en nous de vrais défaux :
L'autre d'aprendre à ne leur plus répondre
Que par des mœurs dignes de les confondre,
A les laisser croupir dans le mépris
Dont le Public les a déja flétris,
A fuïr enfin toute escrime inégale
Qui d'eux à nous rempliroit l'intervale.
Car le danger de se voir insulté
N'est pas restraint à la difficulté
De réfuter les fables Romancieres
De ces Fripiers d'impostures grossieres
Dont le venin non moins fade qu'amer
Se fait vomir comme l'eau de la Mer,
Il est aisé d'arrêter leurs vacarmes,
Et de les vaincre avec leurs propres armes :
Ce n'est pas là le danger capital,
Le vrai peril est le piége fatal
Que leur noirceur tend à notre innocence
Pour l'engager dans la même licence,
Pour la changer en colere, en aigreur,

En médiſance, en chicane, en fureur :
Nous réduiſant enfin pour tout ſommaire
A n'avoir plus nul reproche à leur faire
Dès qu'envers nous leurs crimes perſonnels
Nous ont rendus envers eux criminels.
Qu'arrive-t il de ces lâches batailles,
De ces défis, embuches, repreſailles ?
C'eſt qu'en croïant par l'effort de nos coups
Nous vanger d'eux, nous les vangeons de nous :
Qu'en travaillant ſur de ſi faux modeles,
Nous devenons leurs copiſtes fideles ;
Donnant comme eux, ridicules Heros,
A nos dépens la Comedie aux ſots ;
Et leur montrant baſſement avilie
Notre ſageſſe habillée en folie.
Le bel honneur ! d'attrouper les paſſans
Au bruit honteux de nos cris indécens !
Quelle pitié de prendre ainſi le change !
N'allons donc point pour blâme ou pour loüange
Dépaïſer des talens eſtimez
Et du public peut-être reclamez,
En détournant leur legitime uſage
A des emplois indignes d'un vrai ſage ;
Et nous vangeant par de plus nobles traits,

Songeons au fruit qu'à de bien moindres frais
Peut retirer un solide Merite
Des ennemis que le sort lui suscite.
Tous ces travaux dont il est combattu
Sont l'aliment qui nourrit sa vertu.
Dans le repos elle s'endort sans peine:
Mais les assauts la tiennent en haleine.
Un ennemi, dit un celebre Auteur,
Est un soigneux & docte Precepteur,
Facheux par fois, mais toûjours salutaire,
Et qui nous sert sans gage ni salaire:
Dans ces leçons plus utile cent fois
Que ces amis dont la timide voix
Craint d'éveiller notre esprit qui sommeille,
Par des accens trop durs à notre oreille.
A qui des deux en effet m'adresser
Dans les besoins dont je me sens presser?
Est-ce au Flatteur qui me louë & m'encense?
Est-ce à l'ami qui me tait ce qu'il pense?
Par tous les deux séduit au même point,
Mon Ennemi seul ne me trompe point.
Du foible ami dépoüillant la molesse,
Du vil flatteur dédaignant la souplesse,
Son hémétique est un breuvage heureux,

Souvent utile, & jamais dangereux.
Car si celui dont la main le prépare
D'empoisonneur porte déja la tare,
Qu'ai je à risquer ? de son venin chetif,
Son venin même est le préservatif,
S'il m'a taxé d'une infirmité feinte :
La Verité du même coup atteinte
Sçaura bientost trouver plus d'un moyen
Pour rétablir son crédit & le mien.
Mais par malheur, si d'un mal veritable
Il trouve en moi le signe indubitable :
S'il m'avertit par ses cris pointilleux,
D'un vrai levain, d'un ferment perilleux
Qui de mon sang altere la substance :
Alors sa haine, & la noire constance
Dont me poursuit son courroux effronté
Sans qu'il y songe avancent ma santé :
C'est un épée, un glaive favorable
Qui dans ses mains malgré lui secourable
M'ouvrant le flanc pour abreger mon sort,
Perce l'abcès qui me donnoit la mort.
Si je guéris, l'intention contraire
De l'assassin ne fait rien à l'affaire :
De son forfait toute l'utilité

Reſte à moi ſeul : à lui l'iniquité.
C'eſt donc à l'homme envers la Providence
Une bien folle & bien haute imprudence
D'attribuer à ſon inimitié
Ce qui ſouvent n'eſt dû qu'à ſa pitié.
Ces contre-tems, ces triſtes avantures
Sont bien plûtoſt d'heureuſes conjonctures
Dont le concours l'aſſiſte & le ſoûtient,
Non comme il veut mais comme il lui convient.
L'Eſtre ſuprême en ſes loix adorables
Par des reſſorts toûjours impenetrables
Fait quand il veut des maux les plus outrez
Naître les biens les plus ineſperez.
A quel propos vouloir donc par caprice
Intervertir l'ordre de ſa juſtice ;
Et la tenter par d'aveugles regrets,
Ou par des vœux encor plus indiſcrets ?
O ſi du Ciel la bonté légitime
Daignoit enfin du malheur qui m'opprime
Faire ceſſer le cours injurieux !
Si ſon flambeau deſſillant tous les yeux
A ma vertu ſi long-tems pourſuivie
Rendoit l'éclat dont l'implacable envie
Sous l'épaiſſeur de ſes broüillards obſcurs

Offusque encor les rayons les plus purs!
Cette priere innocente & soûmise,
Je l'avoûrai, peut vous être permise :
Vous en avez legitimé l'ardeur
Par votre vie & par votre candeur :
Votre innocence inflexible & robuste
N'a point plié sous un pouvoir injuste ;
Votre devoir est rempli. Tout va bien :
Soyez en paix : le Ciel fera le sien.
Il a voulu se réserver la gloire
De son triomphe & de votre victoire,
Et prévenir en vous la vanité
Qu'en votre cœur eût peut être excité
Une facile & promte reüssite
Attribuée à votre seul mérite :
Vous épargnant ainsi le dur fardeau
Et les rigueurs d'un châtiment nouveau.
Dans nos souhaits, aveugles que nous sommes,
Nous ignorons le vrai bonheur des Hommes,
Nous le bornons aux fragiles honneurs,
Aux vanitez, aux plaisirs suborneurs ;
A captiver l'estime populaire ;
A rassembler tout ce qui peut nous plaire ;
A nous tirer du rang de nos égaux ;
A surmonter enfin tous nos Rivaux.

Bonheur fatal ! dangereuse fortune ;
Et que le Ciel qui souvent importune
L'avidité de nos trompeurs desirs
Dans sa colere accorde à nos soupirs.
Ce n'est jamais qu'au moment de sa chute
Que notre orguëil voit du rang qu'il dispute
La redoutable & profonde hauteur.
Ce Courtisan qu'enivre un vent flatteur
Vient d'obtenir par sa brigue funeste
La place dûë au mérite modeste :
Pour l'exalter tout semble réuni :
Il est content. Dites qu'il est puni.
Il lui falloit cette place éclairée
Pour mettre en jour sa misere ignorée.
N'allons donc plus par de folles ferveurs
Prescrire au Ciel ses dons & ses faveurs.
Demandons lui la prudence équitable,
La pieté sincere, charitable ;
Demandons-lui sa grace, son amour :
Et s'il devoit nous arriver un jour
De fatiguer sa facile indulgence
Par d'autres voeux pourvoïons-nous d'avance
D'assez de zéle & d'assez de vertus
Pour devenir dignes de ses refus.

FIN.

7. mois 30 15

45

www.ingramcontent.com/pod-product-compliance
Ingram Content Group UK Ltd.
Pitfield, Milton Keynes, MK11 3LW, UK
UKHW021127230726
13926UKWH00002B/653